ひとり戯れ言

平田美年子歌集

海鳥社

太宰府天満宮の菖蒲と紫陽花

阿蘇・大観峰からの眺望

タンポポ

スミレ

大観峰の空とススキ

青の洞門と禅海和尚像

木曽駒ヶ岳・千畳敷カール

くじゅう花公園

鶴見岳から由布岳を望む

福岡市植物園のバラ

木曽川支流の阿寺川

はじめに

私は自然が大好きです。農家に生れ、自然と共に生きてきましたが、自然を美しいと思ったことが殊更なかったような気がします。それは、自然がいつも側にあり、共に過ごして当り前だったからでしょうか。

いつの日にか、草木、野の花、鳥たちに心ひかれ、あたたかな気持になっていました。旅をする時などは、野山の美しさを堪能し、その時のことを書きとめて愉しんでおりました。本にするなど想像もしなかったことですが、友人の勧めで思い切り、出版することにしました。第二章は、我が家での独り言です。一・二章ともに拙い自己流ですが、読んでいただけましたら幸いです。

自分の生い立ちについて少しお話しします。私の家は農家でした。昔の農家は、現代のように機械がなく、手作業でした。大変な仕事です。大人たちには、今更ながらですが、感謝しております。

小学三年生の頃から祖母と一緒に、十人家族の家事手伝い（炊事、掃除、洗濯――小川で）をしていました。大きな石が洗濯板です。子供が洗うのですから、汚れは落ちていたか否か、母か姉が洗い直すこともあったかもしれません。現代の人には考えられないでしょうが、昔は、今日のように毎日着替えたりしません。汚れていても平気です。これが普通でした。

田畑の手伝いは五、六年生頃からだったと思いますが、農繁期には学校が一週間休みになり、大人たちの手伝いをします。母親が決めてくれた生業に就きましたが（現在隠居）、農家に生れて良かったなと思っています。

自然の美しさを愛し、今に到っております。自然破壊、災害などの多い昨今、悲しい限りです。自然を愛で、ご健康で過ごされますことを願います。

平田美年子

目次

旅のひとり言

異次元に　末黒野《すぐろの》広き　久住山　恩光の中　暫《しば》しの眠り

次元の違うような野焼きの後の風景が、ありがたい光の中で、しばらく眠りに入る。

夕付きて　降り出づ雪に　湯のけむり　心身《しんしん》いやす　旅の黒川

夕方近くの帰路途中に雪が降り出し、黒川温泉で温まる。

久住高原の野焼き

春山の　目先荒ぶる　硫黄山　天に息吹《いぶ》くや　火の山の神

硫黄山の近くを登山。凄い勢いで吹き出す蒸気を見た時の感動。

迫り来る　車窓よりの　麦畑　沃野《よくや》に実る　夕日の中を

走る車に麦畑が迫ってくる。広く肥えた土に立派に実っている麦を見ながら夕日の中をゆく。

彦山に　ウォーンウォーンと　唸《うな》る風　宿の湯船の　静寂の無気味

無気味に地の底から聞こえてくるような、初めて聞く音が、湯船まで聞こえ、風だと知る。

照る五月　すし詰めのバス　ストライキ　肝冷しいば　笑い声出づ

乗れないほど詰められて、途中で動きが止まる。やはりと思ったが間もなく発車。安堵の瞬間です。

赤川の　湯の花匂ふ　露店風呂　届かんとする　煌《きら》めく星々

久住高原の温泉で、近くで見ているような想いのする大きな星の輝きが忘れられない。

釣り堀の　山女《やまめ》と戯《たわむ》　孫とじじ　杣《そま》の里の　七輪の煙

美しい杣の里で釣った山女を七輪で焼いて食するとは、格別です。孫は六歳に……。

ほっこりと　赤く染め出づ　牡丹の芽　土押し上げて　春を喜ぶ
赤い牡丹の芽が土の間から顔を出し、春を喜んでいるよう（後の花もきれいだった）。

名島門　くぐりて春の　空と野に　我はたわむる　風に吹かれて
広場に出て、青い空と自然に癒されながら。

蓬《よもぎ》つむ　幼き日々に　心馳せ　野辺を歩みて　思い起こせり

子供は蓬をつみ、大人は蓬もちを作る懐しい風景を思う。

萩の咲く　庭に武人の　埴輪《はにわ》あり　眼空《まなこうつ》ろで　何の心ぞ

いくさ人《びと》の埴輪の目は空だけど、何か物語っているよな、考えているようにも。

白蓮《びゃくれん》の　想いを綴《つづ》る　一幅に　心寄せ見る　夏風の中

白蓮の掛け軸を見て、白蓮の心を想う初夏の日。

夕付きて　疲労の色の　見えかくれ　揺りかごなすや　大型バスよ

団体で日帰りの旅、夕暮れになると、皆さん疲れて居眠りです。バスはゆりかごに。

静まれる　錦の山を　朝霧は　舞台の幕を　引きゆくごとし

紅葉の山を、朝霧が静かに幕を引くように覆いゆく。
感動的です。

老木の　歴史を刻む　桜花　皇居の庭に　白く光れり

皇居の庭園に歴史を感じる桜の木。少しの白い花が咲いている（皇居の清掃の名目で行かせて頂いた）。

電線に　主《ぬし》なき蜘蛛の　巣がひそと　里の秋風　揺らし抜けおり

人里の電線にある、主のいない大きな蜘蛛の巣を秋の風だけが通り抜けている。

今になお　千年をもや　如来像　残れし姿　微笑みを心《しん》に

国東《くにさき》半島で出会った千年の如来像。今も護っておられ、微笑みを頂く。

澄む水の　河の流れに　夕づきて　内なる清《きよ》み　ああ梓川《あずさがわ》

日が落ちる頃に見る梓川。澄む水の流れの美しさに疲れは飛び、心が洗われるような感動。

宿後《やどあと》の　久住の森は　霧の海　精霊遊ぶ　幽玄の車窓

一泊した後、朝の森は霧に覆われ、この霧の動きが木に隠れたりして、遊んでいるような趣深き様。

フデリンドウ

高原の　在《あ》り処《ど》彩る　紅葉に　えびのの空の　澄める碧《あお》さよ

えびの高原で、休息の場所の紅葉に空の碧さが背になり、とても美しい景色。

咲き誇り　日差しの中に　野辺の花　舞い来る揚羽《あげは》　追いつ追われつ

花求め揚羽蝶が二匹、楽しそうに先になったり、後になったりしている。

えびの高原の六観音御池

ゆらりゆら　小寺彩る　藤の花　この清《す》む空に　揺れて淑《しと》やか

藤の花が寺を引き立て、やさしい風に揺れている様が上品で美しい。

砂山の　高千穂峰の　頂きの　いや畏《おそ》るべし　強風吹きまく

高千穂峰は砂の山、一歩進んで二歩下がるの感！　山頂は畏れ多い強風、感無量でした。

高千穂峰山頂の天逆鉾

苔青く　古刹に立つ石　袈裟もどき　さて読経《どきよう》かな　旅の寄り道

古寺に立つ大きな三つの石に苔が生え、袈裟を着けているようで、これからお経かな？　ちょっと笑い。

塵降りて　白く覆わる　哀れさよ　花咲くような　あの日あの山

若葉が美しかった山、久し振りに見る山は、ＰＭ２・５、黄砂などで白い山になっている。とても残念だった。

蛙寺《かえるでら》　潜《くぐ》り蛙に　夏笑い　老来ますます　静寂《しじま》にひびく

女性部の旅、潜り蛙をなかなか潜れず、年を取っても
ますます元気な笑い。

鳴く声の　聞こえ来るごと　数多なる　楓茂れる　蛙寺《かえるでら》かな

寺中、置き物の蛙。これほどたくさん集められたこと
に驚きと感動です。

打たれおり　朝の時雨《しぐれ》に　山茶花《さざんか》は　側の騒音　只中に咲く

雨に打たれながら、騒音だけの中にじーっと咲く強さ。

静けさに　独り陽を浴む　櫓門《やぐらもん》　侘しさ滲《にじ》む　元旦の朝

城跡の櫓門が元旦の陽を浴び、人気《ひとけ》もなく寂しそうに見える。

風に揺れ　花壇の隅の　残り花　元朝の陽を　背伸し浴びる

元日の朝、枯れ花に囲まれながら一生懸命に陽を浴びている、可憐な花。

二条城　足《あ》うらやさしき　鶯張《うぐいすば》り　春の日ざしに　鳴き初《そ》めしかな

鶯張りで足の裏の感触と鳴き出す音に春の喜び。

散る桜　風に押されて　クル〱と　駅舎の屋根は　お花のダンス

駅の屋根を、花がクルクルと行ったり来たりで、花のダンスのよう。

人里に　風に降るよに　桜花　額《ぬか》くすぐるを　心のままに

風が吹くととめどなく散り、額に触れるのを一人楽しむ。

鶯《うぐいす》の　声と花とに　誘われば　独り高揚　山路を歩む

一人旅で鳥の声や花に包まれ、気は高ぶり、心の赴くままに。

山里に　色鮮やかな　あざみ花　引き寄せ触れさせ　黙《もく》して一刺《いっし》

山に咲くあざみは美しく、触れようとすると花の萼《がく》にも刺あり。黙りのひと刺しです。

鶯《うぐいす》の声の音《ね》美《うるわ》し　里の庭
縁座《えんざ》の翁《おきな》　微笑みは染《し》む

里山の一軒屋、小柄な老人と縁側に座って語り、笑顔のやさしさに心うたれる。

路《みち》の辺《べ》に　白く群れおり　可憐花
傍にそうっと　気を揉《も》み手折《たお》る

悪いなと思いながらも一輪折り見つめていると、とても可愛くなります。

朝霧の　青葉出しゆく　高原に　鳴き出づ郭公《かっこう》　清《す》む声響く

久住高原の霧が消え、青葉が出る。そこに初めて聞く、郭公の声。なんと舞い上りました。

ゆっくりと　朝霧の引く　伊吹山《いぶきやま》　彩る斜面　現れしゆく

霧が消えゆき、花々が見え出す感動。

閑静な　紅葉映ゆる　高野山　喜こび含む　束《つか》の間の時

静かなる高野山。紅葉が美しくマッチして、心がときめく。楽しい時間は短かく感じる。

窓越しに　黄葉《もみじ》散るさま　蝶の舞い　「滝の茶屋」の　おもてなしかな

茶屋に寄り、窓からの落葉が、蝶が舞っているようで可愛い。茶屋のもてなし。

五家荘のせんだん轟（とどろ）の滝

空青く　梅香漂ふ　城跡に　吹き渡る風　遠きも今も

梅の花の咲く城跡で吹く風は、今も昔も変りないだろうと想いに浸る。

春浅き　緑の絨毯　麦畑　沃野《よくや》千里の　土匂いくる

広々と肥えた麦畑が絨毯のようで、風が運ぶ土の匂いも懐しい。

小径《こみち》ゆき　見やる一球　木漏れ日に「見て！」と言いたげ　ムスカリの花

誰も気付かない所に、ポツンと一球、寂しげに咲いている。

ふわ〱と　滝のしぶきは　漂いて　川の流れに　吸い込まれゆく

しぶきを見つめていると、川の流れに融合。当り前ですが、感動です。

儚くも　春の嵐に　花なくし　一心行桜《いっしんぎょう》　泣き言いわぬ

嵐で早く散ったとのこと。「まだ咲いていたい」と言えぬ花。

賑やかに　九重の楢林《ならりん》　鳴き交し　雨上る朝　鶯《うぐいす》の声

前日の午後よりドシャ降り。朝の楢林からの鶯の声に安堵。

太古より　火山おり成す　地のうねり　押戸石丘《おしどいしおか》　新緑光る

噴火で出来た大地のうねりが珍しく、新緑が美しく光っている。

たぐいなき　巨像林立　夏の寺　やさしき御目《おんめ》　語るるごとし

比類のない大きさの仏像がたくさん立っておられる。やさしい目をされていて、有り難く感じる。

蹠《あなうら》に　伝ふ夏草　ふんわりと　そよ風の中　深い充実

草むらを歩き、足の裏の感触と風の中の楽しみ。

梅雨じまう　照り初《そ》む杜《もり》に　初蟬の　か細き声よ　強《したた》かに鳴け

梅雨の終りに、陽の照り初める鎮守の森から、小さな声で鳴く蟬。大きな声でいいよ。

白浜の　白波巌《いわ》を　上《のぼ》りゆく　磯香《いそか》漂ふ　遍《あまね》く空に

白浜で大波が大きな岩を這うように上り、潮の香りを
広い空に漂わせている。

重なりて　若葉の茂る　坂道を　息を深げに　風に押されて

美しい若葉の坂道を、吹く風を背に息を切らしながら。

幾重にも　起伏の続く　御船山《みふねやま》　青葉を渡る　鶯《うぐいす》の声

つつじの花が終っていた。うぐいすの声に聞き惚れ、坂道をゆく。

精気なる　只真《ただま》っ直《す》ぐに　天を指し　波音を聞く　清《すが》し松の芯

精気を漂わせ、波音だけの中に、真っ直ぐ、天を指すようにしている清しさ。

広大に　空に融け合う　ネモフィラの　淡青《うすあお》光り　まぶしめく苑《その》

広々と咲くネモフィラの花が、空の色と変らぬように輝き、目を細めたくなる美しさ。

空と花　一つになりて　野に咲く《ひら》　光るる風よ　運べ花の香

一面の花々が空と融合して咲く。風よこの香りを運んで！

吹き初《そ》みて　黄葉《もみじ》ふる降る　この空間　我が内なるは　童のごとし

大きな銀杏の樹に風が吹き出せば、降るように散る。
心は子供のように。

昨日《きぞ》の空　今日になきあの　青い空　春香ふかしき　妙《たえ》なる空間

青い空、春の香りのする、あの青い空。なんとも言えない美しさは、今日にはもうない。

鳥の声　憩ふ在《あ》り処《ど》の　静けさに　若葉に染みる　川のせせらぎ

自分が憩う所に川あり若葉あり、鳥の声も聞こえる。
いつまでも居たい場所です。

奥深き　木漏れ日の射す　苔林　ああ贅沢《ぜいたく》に　満つる心よ

若葉の木漏れ日に広く苔が群がり、ここに居ることの
幸せ。

青々と　苔は群がる　木漏れ日に　朝露ありて　こその燿《かがや》き

朝露を浴び、キラキラと木漏れ日に広がる苔、癒される空間です。

そよぐ風　樟の虚《うろ》にし　観世音　青葉なしえて　千年を生く

大きな樟の空洞に祠《ほこら》があり、神木となって、青葉がそよいでいる。

紫陽花に　誘わるるままに　登りつめ　重なる毬花《まりか》　雨後の耀《かがや》き

坂道を行けば、毬のような紫陽花が重なるように雨上りに耀きを見せている。

さや〳〵と　風に音なす　竹林の　空気を肌に　静けさ歩む

竹林を歩いていると、やさしい風が肌に触れ、ここち良くしてくれます。

車窓より　山懐《やまふところ》に　建ち並ぶ　石州瓦《せきしゅうがわら》の　青葉に都

高速道から眼下に見る景色が山と山とに囲まれて、そこにたくさんの赤い石州瓦の屋根が美しく、古《いにしえ》の都のようだ。

山々に　朝霧かかり　射し初《そ》む陽　車窓に映る　かもす山水画

朝の山々に霧がかかり、太陽が出始めると美しい山水画のような風景を作り出します。

三度《みたび》来て　心の動く　奥の院　御帳《とばり》に坐《いま》す　大師の御影

奥の院へ三回目で、御帳（白いたらした布）に大師の姿がはっきり現れており、深い感動。

山深く　秋の湯浴みの　熊野川　せせらぐ音の　爽やかなれり

熊野の山は深い。川のせせらぎを聞きながら露天風呂。良い所です。

熊野川　浅き流れに　哀しみの　せせらぎに積む　災禍の土石

川の氾濫で露天風呂の少し上の方に土石流が積まれている哀しみ。

神々しき　熊野三山　参詣の　願いの叶ふ　金婚の夏

一度は行ってみたい熊野三山。金婚に叶いました。

二晩と　三日共にす　夏の旅　又のご縁と　別れの列車

三日間の旅で、全く知らない人と友達みたいになり、
別れを惜しむ。

角島《つのしま》の　暮れゆく空と　海《わた》の原　いみじなる地に　この身ありしや

夕暮れの角島の空と海の美しさを、この素晴しい地で
見ている。

ゆるやかに　流れる川の　水の色　春の温もり　橋上に佇《た》ちて

橋の上より川の流れを見つめていると、温まっているように感じる。春はここに。

耐え忍ぶ　草木たちの　囁《ささや》きが　聞こえ来るよな　春の感触

寒さに耐えた草木の芽立ちを促すような風の温みを感じる想い。

花筵《はなむしろ》　黒田如水《じょすい》の　屋敷跡　ああためらふや　踏み入ることを

黒田如水の屋敷跡に、筵を敷いたように花が散っており、踏むのをためらう。

花嫁は　枝垂《しだ》れ桜の　傘の下　金襴緞子《きんらんどんす》に　華やぎ重ぬ

前撮りであろうか、枝垂れ桜は、花嫁の華やぎを増してくれている。

愛で人は　枝垂《しだ》れ桜に　肩触れし　振り向きざまに　花散りおりぬ

花見客が、しだれた枝に当り、「アッ」と思ったのか、振り向いたが花は散る。

花風に　肩に花散る　扇坂　華やぐ今日に　昔日歩む

満開の扇形の坂道を武士も通ったであろうと、想像して歩く。

脅《おびや》かす　たまの強風　満開に　狂い散る花　佇《た》ちて見るまま

満開の桜に、急に強風が来て、花びらが狂うように散る哀しさ。

行く夏に　白浜よりの　太平洋　この青抱く　淡し青空

夏の終りの太平洋を見ていると、濃い海の青、淡い空の青、この淡い青に地球が抱かれていると、想いめぐらす感動。

静けさの　山路ゆく手に　いさら川　ひらり落葉　サーフィンと洒落

山道を歩き、小さな川の流れを見ていると、落葉がヒラリ、流れに乗っていく面白さ。

里人の　錦の山を　見の暮し　贅沢に見ゆ　吾に無きもの

自然が大好き！　紅葉の山をいつも見ることの出来る里の人、ちょっと羨ましかな。

風さやぎ　山路を赤く　敷きつめて　透けし小枝の　四季の侘しさ

もみじが散り、山道を赤くして、小枝が透ける姿に四季の移ろいを思う。

夕暮れの　メタセコイアの　間《あい》に射す　白く光る　小川の流れ

メタセコイアが色付いて、その間の小さな流れに日が射す、夕暮れの美しい景色。

篠栗九大の森のメタセコイア

ひっそりと　緋《ひ》の紅葉を　照り染める　黄昏近し　里山の道

一本の赤い紅葉に日が射し、夕方近く、山の道を飾っている。

高木の　裸木《らぎ》なる枝の　寂しさよ　吹きゆく風は　無音なるかな

葉を落としてしまった樹は、風が吹いても音もなく、何故か寂しく。

枯れ野ゆき　君と見て来し　大自然　この美しき　個の星なるを

連れ合いと、私なりに見てきた大自然。これは美しい
一つの星なのだと感動。

現《うつ》し世に　出でまし生命《いのち》　それぞれに　森羅万象　今に美《うるわ》し

この世に現れている、生きとし生けるすべてのものの
美しさに感謝です。

芒芒《ぼうぼう》と　枯れ草の立つ　春さ中　晩秋映す　侘しき草原

春になっても枯れ草は背を高く立っていて、晩秋のような景色。

頭《こうべ》たれ　陽春に立つ　枯れ芒《すすき》　揺れいし姿　生の醍醐味

草原の枯れ芒が、生き得たことを物語って風に揺れている。

青空に　雪山なすや　白雲《はくうん》の　山間に浮く　暖冬の暮れ

この冬は暖冬で、山と山との間に、雪山のように雲が浮いている、年の瀬。

飛びゆけり　青き師走の　大空を　二羽の鴉《からす》も　多忙なりしか

師走は鴉も忙しいのかな？　さっさと飛んでゆきました。

静まれる　錆色蓮の　池の鷺《さぎ》　年を惜しむか　佇《た》つ一本足

枯れ蓮の池に鷺が年を惜しむように、身動きもせず一本足で立っている。

裸木《らぎ》の枝《え》に　青の冴え入る　空の色　静かなる朝　春の喜こび

寒さが残る日々に、枝の間から美しい青空が見え、心明るく。

大濠公園の鷺

道すがら　魚《うお》を呑み込む　渡り鳥　目前のみごと　春一景の見

歩いている目の前で、みごとに魚を呑み込む鳥に、春の一つの景色を見る。

寺庭に　淡いピンクの　椿花　メジロ誘いて　甘い接吻《くちづけ》

椿の花にメジロが来ました。身を隠し、見ていると、花と甘い口づけです。

夏立ちて　五感ときめく　旅人を　ＳＬは待つ　煤煙たち込め

初めて乗るＳＬに、身も心もときめく。ＳＬは待っていた、煙を吐いて。

店頭《みせさき》に　数多ならびし　ミニサボテン　手にする否や　思わずの声

珍しいサボテンがたくさん。手にしようとすれば、すぐにチクリ。案外と痛いもの。

梅雨晴れに　舗道の側の　公園の　匂い来る土　母なる匂い

雨で湿った土のにおいが、畑に居たあの頃の母を思い出させる。

ひさかたの　天《あめ》より降《くだ》る　梅雨の雲　竜のごとして　山を覆いぬ

梅雨雲が、竜のくねりのようにして山を覆う。梅雨また楽し。

通い路に　一面光る　白い花　朝のまほろば　数多なる蓮

趣味の集いに行く道の側、多くさんの蓮が光って見える素晴しい所。

鳴き叫び　枝におろおろ　鴉《からす》の子　傍に寄れない　為す術もない

たまたま出会ったカラスの子。啼《な》き方が激しく可愛相だが、何も出来ない。

いざ突入　台風あおる　旅の機を　恐怖越えに　身は固まりぬ

福岡に台風八号襲来。飛行機は台風に突っ込むという。
恐い思い。

汗払きし　客の悲鳴に　笑い飛ぶ　天竜川の　暴れるしぶき

夏の天竜川下り。障害物に当り、声も、川も、しぶき
も大きい。

機窓より　釘付けなるや　入り日の景《けい》　この世に焼ける　宙《そら》の神秘よ

飛行機からの夕日の景色、目が離せません。初めて出会う、この美しさ、神秘的でした。

澄む空に　深い歴史の　のろし台　防人《さきもり》の哀《あい》　知る能古島《のこのしま》

のろし台を見ていると、兵士たちの深い哀しみを能古島は知っているように感じました。

能古島《のこしま》の　純な秋桜《コスモス》　彩りて　風に香りの　小高き小径《みち》も

純粋なコスモスが斜面を彩り、香りを放ち、美しく咲き誇っている。

一隻の　水尾《みなお》引きゆく　秋の海　見下ろす舟の　音のきこゆる

舟の後を分けゆく白波が印象的。小さく見える、舟のエンジン音だけが聞こえる。

さざ波の　立ちたる秋の　海《わた》の原　天《あめ》ゆく鳥は　ゆたに飛びゆく

広い海を見ていると、穏やかな波。鳥もまた、ゆったり空を飛んでいる。

ゆく秋に　樹の根にニラの　花ひとつ　風のなすまま　人目引かづや

秋の終りに、道脇の木の根っこに、人の目を引くことなく懸命に咲いているニラ花。

くね〳〵と　根を張る坂の　椎の実を　拾いて思ふ　里の囲炉裏を

めったに見ない、椎の実を手にして、里の囲炉裏で焼いて家族で楽しんだこと、懐しく。

サラ〳〵と　歩く足元　吹かれ来て　笑ふがごとく　渦まく落ち葉

歩道を行ってると、風に吹かれる落葉がサラサラと笑っているような音を立て、足元に渦まく。

餌《え》を求め　裸木《らぎ》の枝《え》渡る　ひよ鳥の　愛嬌ふりて　去るさびしさよ

木に実は無いのに、四、五羽で枝をあっちこっちと渡るしぐさが可愛く、また去っていく寂しさ。

犇《ひし》めきて　葉を下げ揺れて　うらめしやー　寺の高垣　夕の竹林

夕方の寺の垣根の竹が高く、たくさんの笹が垂れ下がり、幽霊の手のようだ。

見上ぐれば　心和ます　藪椿《やぶつばき》　空の青より　微笑み投げる

青空にヤブ椿が可憐だ。下を向いている花が微笑んでいるように見える。

這うように　いとも小さく　咲く黄花　かがまりて触る　老婆の黄昏

小さな小さな花に触れて愉しむ、婆の夕暮れ。

うら〳〵と　木の枝《え》の雀　恋さ中　幾度も愛す　初見《はつみ》ほのぼの

ふと見上げる木の枝に、雀が恋の真っ最中。初めて見る、ほのぼの感。

枝垂《しだ》れきて　角《つの》ぐむ楓　みんずりと　朝の光りの　参詣の小径《みち》

お参りの小径に垂れ下がる楓の枝に芽が出ていて、みずみずしく、愛しく。

青空の　光りの中の　寺通り　春風渡る　音だけの昼

昼の寺通りはとても静かで、光りとそよ風に癒されて。

清《すが》し日に　春の錦の　バラの園　真紅の色の　花に誘われ

春を彩る満開のバラの花。一際目を引く、真っ赤な花に感動。

目交《まなかい》の　青葉の山に　風そよぎ　墓参に和む　鶯《うぐいす》の声

目の前の青々とした山から鶯の声が聞こえ、お墓参りに和む。

曇天《どんてん》に　繰り広げしや　池の苑《その》　菖蒲の雅《みやび》　かしこゆかしく

太宰府の菖蒲苑の伝統的な優美さ。この美しさに心改めての観賞。

大地震　阿蘇連山の　哀れさや　土肌見せも　草芽生えおり

平成二十八年の大地震で、山はあちこちと土肌を出しているが、そこに草が生え出している嬉しさ。

外輪山　望む湯船に　我一人　恐れるコロナ　宿の寂しさ

外輪山を見ながら贅沢に露天風呂。でも、自分一人の湯船は初めて。コロナはここにも。

阿蘇の仙酔峡

日々を愉しむ

百間近《ひゃくまぢか》　紅さし若く　姑《はは》は逝く　新年の朝　光の国へ

一月二日の病院からの朝の知らせは姑の死。驚いた。生の時（苦しみの顔）、死の時（安らぎの顔）への変身にびっくり。若返り、紅をつけたようになっていた。とても嬉しく感謝です。

公園の　落葉ふみふみ　戯《たわむ》れし　手にする紅葉　孫の手もみじ

興味津々の女の子一歳。可愛い盛りで落葉を拾って手にすると、同じぐらいの大きさ。

三歳の　いたずら好きの　孫しずか　横目の笑顔　鬼ばばのぞく

三歳になれば怒られることが分るのか、チラッとばばの顔を見ます。可愛いです。

幾年《いくとせ》の　積もりし雪に　喜こびを　孫の手赤く　初雪だるま

久し振りに降った雪は、孫には初めての雪。はしゃいで雪に遊んで貰った。

台風の　後の静けさ　空青し　天高く舞う　トビ悠然と

台風が去ったら涼しくなる。静けさの中、トビはゆったりと飛んでいる。

元気なる　声を張り合う　幼孫《おさなまご》　並んだ寝顔　いま充電中

二番目の女の子が生まれ、五歳と二歳、賑やかです。昼寝で充電、起きて発散。

動物を象（かたど）ったつげの木の前で（九重にて）

仮の世に　生れ出でたる　この身をば　蝶よ花よと　心誘ふ

少し心にゆとりが出来て、あれもこれもしたいと思う。

小走りで　待ち合う友の　顔浮かめ　腕を見やりて　汗にじむ朝

友を待たせるのでは？　と腕の時間と暑さで汗が出る。

食卓の　古傷ふれて　懐かしむ　含み笑いに　秋めく風よ

食卓のキズは家族の歴史。見ていると思い出し笑いです。

喧騒の　中の子燕《こつばめ》　電線に　巣立ち煽《あお》りか　風吹き初《そ》みし

人通りの多い道の電線に、グラグラと揺れる燕の子。風が「さあ飛んでごらん」と言っているよう。

澄む秋に　舟に揺られる　花嫁を　見送る人の　紙吹雪まふ

小舟に乗って娘が嫁ぐ。見送って下さった方たちの紙吹雪。感謝です。

束《つか》の間の　虚空《こくう》に浮かむ　朝焼けに　声無きにしも　我を忘るる

少し早い時間に外に出る。大空の朝焼けの美しさに見入ってしまう。

惜しみなく　暮れゆく年を　返り見づ　新たな年へ　希望いだきぬ

色々と思っても仕方がない。今年はもう終り。新しい年にやりたいことを！

子と孫の　屠蘇《とそ》の杯《さかづき》　待つ顔の　神妙たるや　慶《よろこ》びの朝

新年を朱塗りの杯で祝う喜び。

生まれ来し　一世《ひとよ》の坂を　振り向かば　苦楽を想ふ　秋の夕暮れ

古希になり、生き得たことを嚙みしめ、楽しかったこと、苦しかったことを思う。

はかなさを　哀しげに咲く　時の花　吹かれ散るるか　厳冬の風に

短い世を生きる。良い時の花もあった。辛い時の花は厳しい冬の風に吹き飛ばされてしまうかな、と悩んだ頃。

花言葉　輝き放つ　タンポポよ　我受けたしや　下る神託

強くて可愛いタンポポ。花言葉に神託（神のお告げ）とあり、自分も受けてみたい。どんなお告げかな。

ゆったりと　浮かむかのように　飛ぶ鳥の　影絵に見ゆる　空の碧《あお》さよ

ゆっくりと空を飛ぶ鳥が黒いように見える青空の美しさ。

タンポポ

柔らかな　日の照る河畔　鳥の声　年の始めの　心の和み

お正月も一段落。川のほとりを歩き、鳥の声に癒される。

母逝く日　姉と歩む田　目は芹《せり》に　摘みしあの頃　思い出尽きぬ

母が亡くなり、姉と田んぼに出ると、芹に目がいき、摘んで料理の一品にしたことなど、思い出多きを語る。

何処《いづこ》より　舞い来る蜻蛉《とんぼ》　窓越しに　浮き沈みして　吾を見やるか

窓辺にスーッと飛んで来て、その場で浮いたり、沈んだりして、私を見ているよう。

喧騒の　片隅に咲く　白い花　初秋の風を　愉しむかのよ

人通りの多い道の隅っこで、真っ白な花が風に揺れ、その様は楽しそうに見える。

露地うらの　親子の猫の　戯《たわむ》れを　昔の吾子《あこ》に　有りは無し

仕事中心の自分は、子供にあんな風に遊んでやれなかった。

自らの　運命《さだめ》の道を　踏みしゆく　五十路《いそじ》越えを　春の朝《あした》に

自分が望んだ道が五十歳を越えようとしてる時に叶う喜び。

我が春の　ダム湖に映ゆる　湖畔荘　流れる月日　野苺《のいちご》群れる

青春の頃はきれいだった湖畔荘。時が経つにつれ、昔の美しさはなく、野苺が群れている。

父偲ぶ　身弱なれども　笑みながら　つわ葉に野苺《いちご》　子ら走り寄る

身体の弱い父は田畑の帰り、つわの葉に野苺を包み持ち、子供を喜ばせてくれた。

野苺の花

昼さがり　意識は遠く　なりにけり　黄昏近し　槌《つち》の音《ね》きこゆ

うとうとと眠ってしまい、工事現場の音に夕方近く目が覚める。

諍《いさか》いの　後の独歩の　石畳　心の奥に　靴音を聴く

連れ合いと口ゲンカ。二人で歩いてる時の靴音が聞こえるような心の寂しさと反省。

雨曇の　覆うや否や　稲妻の　雨脚はやき　雷鳴とどろく

雨曇が出てきたと思ったら稲光、そしてすぐに雨、雷鳴。なんと早い。

這う蟬の　尽きる一生《ひとよ》に　退り鳴く　行く人見遣り《みやり》　夜風に抱かる

歩道に熊蟬が、ジィージィーと激しく鳴く。人は見て行くだけ。最期の哀れさ。

蝿一ぴき　打てど物とも　せずなりて　我が物顔で　厨這《くりや》いおり

私を嘲笑うように打っても打っても逃げる。根負けです。台所を這っている。

立秋と　言えども汗の　夜の散歩　リーッリーッ〲と聞く　草虫の声

夜の歩きはまだ汗が出ます。初鳴きなのか、虫の声に癒されながら。

十階の　窓よりの雨　線となし　見つめいたらば　つぼなき滝よ

ドシャ降りの雨を見つめていると、滝壺のない滝のようだ。

一夏《いちげ》過ぎ　小部屋に微《かす》か　風鈴の　こ寂しげなる　今朝の韻《ひびき》よ

ひと夏終れば、風鈴の音も、何故か小さく寂しそうに聞こえる。

秋の湖《うみ》　沈みゆく陽を　身に染みて　光るさざ波　心ゆくまで

湖に映る夕日。この美しさに見入ってしまう。

星一つ　輝くをまた　覆う曇　ああ諦むる　うら寂し窓

大きく煌めく星を窓から見ている。そこへ曇が大きく覆う。残念の感。

身の冷ゆる　並樹通りを　ただ遊歩　元旦の陽に　背は温もりて

歩いていると、寒さを元旦の太陽が暖かくしてくれる
気持良さ。

ああ床《とこ》に　五体の異変　気づかざり　悪しきウイルス　棲《すみ》かとなすや

風邪と気づかずにいたら、我が身はウイルスの棲かに
なって寝込む。

大寒に　陽光手摺を　熱々と　火鉢なつかし　ひいひいでんぽ

陽の照る寒い日、手摺が熱くなっている。ふと、子供の頃のお祭りの時の火鉢遊びを思い出す。何人かで火鉢を囲み、「ひいひいでんぽ、ひかれたらんぽ、竹《たけ》ん先《さき》や、きゃあ曲って、びっくりぱったりこ」と歌いながら、横の人のコブシに人指し指を突っ込んでいく。歌の終りに突っ込まれたら、その人が鬼になる。

博多座へ　人目しのんで　はんなりと　乱れ髪とは　春一番に

お洒落して人目を避け、陽気に歩いてると、強風に髪が乱れる。笑い。

閑に耐え　虚ろに見上ぐ　春の空　曇は貌《かお》なし　又獣なし

暇を持て余し雲を見てると、いろんな人の顔になったり、動物の形になったり。

目に見えぬ　花粉の飛散　いまいまし　強《し》いる籠居《こもりい》　独り哀れよ

春が一番好きな自分。なのに、花粉症！　外出は減り、家の中が多い哀れさ。

見つめつつ　銀杏の大木　触れおれば　硬き皮より　芽吹き匂わす

皮の硬い銀杏の木に触れていると、芽が出るのは間近だなと喜ぶ。

薄黒く　悪魔がおして　空を覆う　この家の夕餉　春雷とどろく

夕食時に窓からの空が瞬く間に暗くなり、雷の大きな音が鳴る。

坂道を　上り開いた　花馳走　友と宴《うたげ》を　老いて懐し

二十歳の頃、仕事仲間と弁当作って坂道を上がり、花見した懐しさ。

満開を　誇れる花に　花嵐　花は哀れか　いや花強し

満開の桜が強風に散るのでは？　と思っていたが、花はきれいに咲いていた。

名も知らぬ　小さき花の　愛おしさ　刈り野に白く　誇らしげなり

野道に咲く、極小さな花に触れて見ていると、何とも
可愛いといつくしむ。

キラ〱と　春雨つゆは　干し竿に　落ちそで落ちぬ　並ぶダイヤよ

干し竿についた雨のしずくが太陽に輝いて、美しいダ
イヤモンドのようです。

ウメバチソウ

夕暮れは　逢魔《おうま》が時とか　真《まこと》なり　鳴り響きゆく　救急車

夕方は魔物に逢うとか？　ピーポー、ピーポーと忙しくする救急車。

空青く　祭り一色　どんたくに　雹《ひょう》と雨との　目前《まさか》のいたずら

どんたくばやしの最中、急に雹まじりの雨がいたずらのように降り、祭りは残念なことになった。

運命《さだめ》なる　道と云うもの　踏み過ごす　あー重きものよ　風にのりゆけ

運命の道とはいえ、辛さや悲しさはゴメンだ。風と共に去りゆけ。

輝きの　色に染まらぬ　世の縁《えにし》　五十路《いそじ》の青葉　ゆく花やすらい

結ばれたらバラ色の人生を、と誰もが思う。でも、そうもいかない。五十歳の若き苦悩、いつか静まる。

日の日中《ひなか》　笑み食み語らふ　心《しん》の友　木漏れ日さやか　桜葉の下

日中に心の友と、桜の葉の下で食べて笑って、おしゃべりとは幸せです。

忍び寄る　齢《よわい》の変化　足狙《ねら》う　ポキッとキコキコ　歩く初夏の日

年を重ねれば膝がポキッと音を出す。立ち上がれば、「オットットー」。まるでロボット。

アンテナに　見かけぬ小鳥　声しばし　梅雨じめる朝　小さな幸せ

見たことのない小鳥が梅雨の朝、しばらくさえずり、和ませてくれました。

町はずれ　バス降りざまに　雨上がり　初鳴きを聞く　蟬の声ごえ

郊外でバスを降りた途端に雨は止んで、蟬の声。私はまだ初鳴きを聞いていなかったので驚いた。

照り続く　うだる暑さの　日の真昼　蟬しぐれとは　かしましきかな

蟬しぐれとは心地が良いものです。でも近場で声高はちょっとやかましいかな。

日並《けなら》べて　暑き厨《くりや》の　このいきれ　やけに流れる　汗を拭きつつ

暑い日が続く台所は、火の熱で蒸し暑く、汗を拭きながらの料理。

尽きようと　鈍《にぶ》る動きに　たかる蟻　幼目《おさなめ》そむく　あの哀れ蟬

蟬が死を間近に、足を動かしている。そこへ蟻が寄ってたかる。子供の時に見て、可愛相と思った。

涼風の　夏の名残りの　夜半《よわ》に吹く　瞼閉じれば　一夜過ぎけり

夏の終りの夜風が気持良く、ちょっとうたた寝。目が覚めれば、夜明け間近になっていた。

明け出《い》づる　見渡す巷　静まりて　窓の灯りも　疎《まば》ら秋めく

明るくなり出した朝の巷は静かで、早起きの窓、灯りのない窓など、秋の感じがする。

人込みの　歩道の落葉　クル〳〵と　何処まで飛ばす　木枯し一号

人通りの多い所で落葉がクルクル舞い、足元に寄ったり、飛ばされたりです。

若人の　冷たし雨に　笑顔あり　華やぐ襟の　二十歳の祝い

孫の成人式、あいにくの雨にもみんな笑顔で華やいでいる。今日からは、心をひきしめ、歩んでね。

風に舞ふ　窓よりの雪　目を遣れば　右往左往の　当てなき彷徨《さまよ》い

高所より雪の降るのを見ていると、あちらへ、こちらへと迷っているように飛んでいる。

降り出づる　宵の街には　幾年《いくとせ》の　雪にざわめく　児らの声する

日暮れて間もなく、何年振りかの雪が降り出し、子供たちの喜ぶ声を聞く。

しん〳〵と　街灯照らす　雪の窓　ひと時を酔う　降る様の美に

珍しく降った雪が街灯に照らされる様子が美しく、見入っている。

この雪に　故郷《ふるさと》の雪　偲ばるる　いろりを囲み　春待つ夜を

昔は雪が多く、子供心に春が待ち遠しかった。囲炉裏での家族の団欒を思い出す。

主《あるじ》留守　しょんぼり見せて　リビングに　ふか〳〵とした　スリッパ寂しげ

寒い夜、主はお出かけ。ふっくらとしたスリッパが寂しそう。

故郷の風景

しののめを　雨雲覆い　光る窓　出発《たびだ》つ孫を　祝う春雷

就職が決まり、出発の明けがた、窓が光り、雷の音が響く。孫を祝ってくれたのだ。

越し来ても　事の進まぬ　この日々よ　我が内なるは　水無月の空

二度目の引越し。片づけが進まず、心は曇り、ジメジメの六月の梅雨空のよう。

野花つみ　転居に飾る　花は萎《な》え　野辺の輝き　刻《とき》も待てずに

美しい野の花を越して来た部屋に飾ったが、時間短かく、夕方には萎《しお》れた。

梅雨寒に　やれいつになく　咳《しわぶ》きて　老いは急《せ》く急《せ》く　我れうら寂し

梅雨時に風邪のような咳などしたことがなく、やはり老いが急いでいる気のするさびしさ。

見晴るかす　山の稜線　光り見ゆ　雨季の終りの　朝の清《すが》しさ

遠くに見える山の稜線が、梅雨の終りを告げるように
白く光って、気持が晴れやか。

遙かなる　天のまほらに　雲一つ　北へ向う機　悠々たるや

素晴らしく美しい空に小さく見える飛行機が、悠々と
北へ向ってゆく。

ベランダに　か細い声で　蟬は這う　その身たゆしか　一生《ひとよ》の朝か

街路樹の近くなのでベランダに蟬が来ます。最期なのか、辛そうに鳴きながら這う蟬。

ピューピューと　ビルの間《はざま》を　青北風《あおぎた》は　窓をきしませ　夕まで渡る

ビル街で強い北風が凄い音を出し、夕方まで吹き続ける。

長らへば　禍福と共に　歩み来し　友と語らふ　秋桜《コスモス》の園

年齢を重ねての語らいは、心に染みます。苦楽をコスモスの咲く場所で。

古刹に立つ　一本の樹　黄葉《こうよう》を　見つめいる朝　日曜の窓越し

静かな日曜の朝、由緒ある寺に立つ黄葉（銀杏）が美しく、窓越しに見ている。

夕さりに　窓辺の音の　虎落笛《もがりぶえ》　寺町通りは　賑わいており

冬の激しい風が、笛の音のように寺町に吹く。ガタガタ、ピューピューと賑わっている。

満ちなかば　夢に手をかけ　急ぎ逝く　天に咲きまし　別れの寒夜

まだ若く、夢に向っていたのに早く逝ってしまう。天で咲かせて、幸せに。

有ろう夢　この夢越えず　逝く吾子《あこ》よ　願い届かぬ　寒き冬の夜《よ》

息子が夢を果すことを願う母親。でも、叶うことなく
逝ってしまった悲しみの夜。

不気味にも　窓を打つよに　もがり笛　独り居る夜の　寝屋の恐さよ

冬になると風が強く、ピューピュー、ガタガタと音が
激しくて、一人の部屋は怖いぐらい。

身を寄せて　池の枯芝《こしば》に　猫四《し》ひき　元朝の陽に　微睡《まどろみ》と洒落

元旦の朝、枯れ芝に猫が四匹、陽を浴びて目をトローンとさせているところの面白さ。

ひっそりと　耀《かがや》き放つ　黄金色　初春飾る　小菊の花よ

散歩で出会った黄色い小菊。正月の太陽に照らされ、輝いている。

春風に　揺れる花をば　仔猫《ねこ》の目見《まみ》　愛くるしさよ　宝石二つ

花の揺れを見つめる子猫の目の可愛さ、宝石のようだ。

結ばれて　日々の生活《くらし》の　春の朝　老《ろう》して夫《つま》の　有り難きかな

何でも一人で大丈夫と思っていたが、年を重ねると、
夫の気づかいに有り難う。

美しや　奥に光りの　溢れ出づ　絵画あじさい　澄む空に咲く

紫陽花の絵の美しさと、画かれた方の心の美しさが、青く澄んだ空に咲いてる。

廃校に　雨に萎んだ　寒緋桜《かんざくら》　数羽のメジロ　ああ残念や

小学校跡地に寒緋桜が美しく咲いている。この日は雨で、花は下向き。メジロはガッカリかな。

ベンチにて　目を瞑《つむ》りいば　さやさやと　風は運ぶよ　新緑の香を

腰掛けて目をつぶり、心を静かにしていると、薫り、風の音、色んな想いが浮かびます。

上枝《ほつえ》より　起き抜け否や　鶯《うぐいす》の　姿なき初音　声のわるさよ

姿なく、鶯の声が枝の上の方から聞こえるが、初鳴きなのか、起きてきたばかりの声のようだ。

うららかな　巷の声と　風の中　銀杏は茂る　朝な朝なに

一冬越した銀杏が芽吹き出し、日毎に葉を広げゆくのを見る楽しみ。

ベランダの　終《は》てし花つむ　この手先　怖気《おじけ》なきにし　蝶は蜜吸う

終った花を摘んでいると、蝶が来て、怖くないのか、指先で蜜を吸っている。

石楠花

さ揺らるる　百二十年の　幻や　キンメイ竹花　令和に咲《わら》ふ

子供の頃にも見たことがある、百二十年に一度の花に驚き、令和に咲いたことを喜ぶ。「不吉の花」とも。
植物園にて。

ベランダに　白い花なし　源平菊　令和の空を　仰ぎ揺れ初《そ》む

短いつる状の茎にたくさんの花を付け、可愛らしく令和の空に揺れている。

降る塵の　青葉の山を　影と化し　白く覆うや　この世の憂《うれい》

黄砂などが降り、白っぽく影のように見える山を見ていると、この世が心配になる。

いとおしく　小鉢に迎えし　鈴虫花　いと小さきや　紫の妖精

可愛い花が咲くと勧められ、鉢に植えた花は、極小さい紫色。妖精です。

清《すが》し空　わらべ飾りし　七夕の　翻《ひるがえ》るさま　幼い記憶

七夕に、昔、大人が笹と食事を用意し、子供は願いを書いて吊るす。楽しかったことを忘れない。

涼しげく　童部《わらわべ》つるす　七夕を　吹きゆく風よ　願い届けよ

一生懸命に作った七夕の短冊が風にヒラヒラと可愛い。子供たちの願いを風よ届けて。

梅雨明けを　待ち焦がれども　耳に付く　朝餉の会話　蟬はかき消す

梅雨明けを待ってましたと言わんばかりに大きな声で鳴く蟬。朝食の会話が聞こえない。笑い。

店先きの　朝倉ぶどうと　書かれしに　ブラウン管の　被災地の顔

「朝倉ぶどう」という文字が、店先に。テレビで見た、あの被災地が浮かぶ。「平成二十九年七月九州北部豪雨」。もちろんぶどうは購入。

枯れ鉢に　たゆし身なれど　這い上がり　蟬は最期を　婆《ばば》に格好よく

鉢の土に居た蟬。動きは辛そうだが、枯れ木まで這い上がり、「最期は格好良くね」と言っているよう。

洗い髪　梳《す》きたる後の　夏の床　数えし拾ふ　寂しき白髪

髪を洗えば抜け毛がこわい。一本でももったいない、この年齢。

秋しぐれ　道ゆく人の　うろたえに　雨後の静けさ　空は冴え冴え

急に降る雨で皆さん慌てます。長雨ではなく、止んだ後の空は美しい。

窓開けば　首すぼむ大気　冴え渡り　筋引く朝焼け　祝福の賀正

筋状の朝焼けは、初見だった。正月早々良いことかなと、嬉しい気持。

今朝の径《みち》　思いもよらぬ　実南天《みなんてん》　樟に寄り添い　数多光れり

たくさんの実が朝日に光っていて、思わず感動。

戯《じゃ》れながら　コロナウイルス　憂いなし　空ゆく鴉《からす》　楽しかりけれ

コロナ禍で大変な人間。心配などいらない、二羽のカラス。追いつ追われつで楽しそう。

キラキラと　空も若葉も　花たちも　風さえ光る　春あらし後

嵐の後、外に出る。空気も気持も良く、何もかも光って見えて、とても美しい。

平凡に　過ぎゆく幸を　込むるれば　刹那現《う》つ世を　春の朝《あした》に

この世とは短いもの、幸せの時は一瞬のものと思う春の朝。

あの声と　あの楢林を　渡りいる　春告鳥《はるつげどり》の　深き思い出

コロナ禍で家籠りしている時、あの鶯の声を、そして緑の美しき山を思う。

思い出づ　夫《つま》と無口で　わらび摘み　腰伸し笑む　あの日懐《いだ》けり

五月になれば、わらび摘みを思い出す。連れ合いと、無口になり、腰の痛さに笑った、あの日が懐かしい。

歌うたい　花吊り遊ぶ　観音堂　彼岸花咲く　草深き里

彼岸花を見ると、幼い頃、友と草を分け、花を摘み、観音堂いっぱいに飾った記憶がよみがえる。

ベランダに　蝶よ蜂よが　羽休《はね》む　我れ語りかけ　仲間入りたし

小鉢の花に虫たちが来てくれます。思わず声かけ、癒されます。

葉の陰に　灯るよに咲く　清《す》みし蓮　大《ふと》い花びら　救いの手にも

間近で見ると、蜂巣が黄色く、灯火のようで、大きな花は、こぼさず救いますよと、手のように。

人間を　正さんとして　仮りの世に　使命とあらば　コロナの苦悩

憎いコロナ。でも、人間を正しにこの世に？　コロナも「俺だって殺めたくないさ」と言っているよう。

誘われし　入りたくとも　入れない　厨《くりや》の網戸　へばり付く蠅

台所の匂いに誘われて来たのか、へばり付いて動かず、ジィーッと睨んでいるようでした。

現《う》つし世の　一期《いちご》の四季は　駆け巡る　省《かえり》みる色　独り夜長に

この世に生きて、反省などをしてみれば、一生は四季のような色（苦・楽）があり、目まぐるしく過ぎる。

苔庭に　錆色花球《さびいろかきゅう》　ひっそりと　石と木立と　物寂しさを

苔の庭に、枯れ紫陽花が、大きな石と木立の中に寂しさをにじませている。

今宵待つ　仲秋の月　コロナ禍に　煌煌《こうこう》たるや　晴れゆく心

仲秋の名月、この輝きを見ていると、暗いコロナ禍を忘れ、美しさにうっとり。

散らかすも　掃くも心の　計《はかり》かな　道ゆく人の　気づかざりけり

掃く人の心、捨てる人の心の違い。捨てる人は気づかない？

葉を落とし　銀杏の小枝　寒寒に　上枝《ほつえ》照り出づ　クリスマス朝

葉のない銀杏は寒そう！　上の枝より照り初め、暖まりゆくクリスマスの朝。

ひとり戯《ざ》れ言《ごと》

■

2021年 7 月 9 日　第 1 刷発行

■

著　者　平田美年子
発行者　杉本雅子
発行所　有限会社海鳥社
〒812-0023　福岡市博多区奈良屋町13番 4 号
電話092(272)0120　FAX092(272)0121
印刷・製本　大村印刷株式会社
ISBN978-4-86656-103-5
http://www.kaichosha-f.co.jp
[定価は表紙カバーに表示]